KB269198

해, 저 붉은 얼굴
The Sun, The Red Face
日、あの赤い顔

시와소금 시인선 · 092

해, 저 붉은 얼굴
The Sun, The Red Face
日、あの赤い顔

이영춘 시집
Collection of poems LEE, YOUNGCHOON
李榮春 (イ・ヨンチュン) 詩集

시와소금
poetry & salt

■ 이영춘

강원 평창 봉평 출생. 경희대 국문과 및 동 교육대학원 국어교육과 졸업. 1976년 《월간문학》 등단. 시집 〈시시포스의 돌〉 〈귀 하나만 열어 놓고〉 〈네 살던 날의 흔적〉 〈슬픈 도시락〉 〈꽃 속에는 신의 속눈썹이 보인다〉 〈시간의 옆구리〉 〈봉평장날〉 〈노자의 무덤을 가다〉 〈신들의 발자국을 따라〉 등. 시선집 〈들풀〉 〈오줌발, 별꽃무늬〉 등이 있음. 윤동주문학상, 고산(윤선도)문학대상, 인산문학상, 강원도문화상, 동곡문화예술상, 시인들이뽑은시인상, 대한민국향토문학상, 한국여성문학상, 유심작품상특별상, 난설헌시문학상, 천상병귀천문학상대상 등 수상. 원주여고 교장. 한림성심대학 외래교수 역임.

· LEE Young-Choon

Born in Bongpyeong, Pyeongchang, Gangwondo Province. Graduated from the department of Korean Language of Kyunghee University and the same graduate school

of Korean language education. There are poem books, 『Stone of Sisipos』, 『Only one ear open』, 『Traces of the day of your life』, 『Sad lunch box』, 『Side of time』, Bongpyeong market day』, 『Go to the grave of Nozai』, 『Along with footsteps』 and poetry collections 『Grasshopper』,『Pee, star pattern』 and so on. Won the Yoon Dongju Literary Award. Grand Award in Kosan(Yoon Sundo) Literature. Insan Literary Award. Gangwon-do Cultural Award. Donggok Culture and Art Award. Poet Award that is chosen by poets. Korea Geographical Literature Award. Korean Women's Literature Award. Winner of Special Award. Nansulhun Poetry Literature Award. Grand Award in Cheonsangbyeong gwicheon Literature Award etc. Served as the principal of Wonju Girls' High School and an adjunct professor of Hallym College

• 李榮春 (イ・ヨンチュン)

　1941年、江原道坪昌郡蓬坪面生まれ。慶熙大学国文学科及び同大学院国語教育科卒業。1976年《月刊文學》にてデビュー。

　詩集『終点で』(1978)、『シーシュポスの岩』(1980)、『耳一つだけ開けて』(1987)、『君の生きた日の痕跡』(1989)、『点一つで残したい』(1990)、『あなたに送る手紙』(1994)、『私はしきりに涙がでる』(1995)、『悲しい弁当』(1999)、『花の中には神様の睫毛が見える』(2003)、『時間の脇腹』(2006)、『蓬坪の市日』(2011)、『老子廟を訪ねる』(2014)、『神々の足跡を追って』(2015)、詩選集『野草』(2009)、『小便の道筋、蜂花の柄』(2016)、随筆集『それでも愛よ！！』(1991)、論文集『金素月詩に表われた巫俗性研究』(1988)などの著書がある。

　第3回 尹東柱文学優秀賞(1987)、第19回 江原道文化賞(1987)、第10回 慶熙文学賞(1994)、第6回 春川市民賞(1999)、第1回 母校を輝かせた同門賞[蓬坪中](2001)、第24回 江原教育大賞(2005)、第5回 大韓民国郷土文学賞(2005)、第8回 詩人たちが選んだ詩人賞(2009)、第5回 江原女性文學大賞(2009)、第1回 仁山文学賞(2011)、第12回 孤山尹善道文学大賞(2012)、第9回 東谷文化芸術賞(2014)、第6回 韓国女性文学賞(2015)、第14回 惟心作品賞特別賞(2016)、第5回 蘭雪軒詩文学賞(2017)、第15回 千祥炳帰天文学大賞(2017)などを受賞した。

| 시인의 말 |

40여 년 동안 문단 생활을 하면서
문예지와 해외 문화교류 시
번역되었던 작품들을 한 데 모았다.

이것들을 고아로 만들고 싶지 않았기 때문이다.

졸작을 번역해 주신 고창수 교수님,
한성례 교수님, 고정애 시인님,
우원호 시인님, 이준영 시인님, 황원규 교수님,
그리고 멀리 인도의 빙구 목사님,
캐나다 한인문학회장 이원배 시인님,
박소교 수필가님께도 감사를 드린다.

신보다 위대한
'詩' 의 길을 찾아 또다시 떠나겠습니다.

2018년 11월
안개의 도시 춘천에서
이 영 춘

The poet's words

Living in a literary circle life for over 40 years, I collected the works that were translated when I exchanged literary magazines and overseas cultures in one place.

Because I didn't want to turn them into orphans.

I'm thankful to Professor Ko Chang-soo, Professor Han Sung-rye, Poet Ko Jeong-ae, Poet Woo Won-ho, Poet Lee Jun-young, Professor Hwang Won-kyu and also thankful to Pastor Binggu in India, Lee Won-bae, President of Korean Literature in Canada, Essayist Park So-kyo far away those who translated my poor quality work

I will leave again and again to find the greater path of poetry than God

October 2018 in Chuncheon, the fog city

Lee Young-choon

詩人の言葉

　40年余りの文壇生活で、文芸誌と海外文化交流の際に翻訳された私の作品を一所に集めた。それらを孤児にしたくなかったからだ。拙作を翻訳してくださった、コ・チャンス教授、コ・ゾンエ詩人、ハン・ソンレ教授、ウ・ウォンホ詩人、イ・ジュンヨン詩人、ファン・ウォンギュ教授。そして遠く、インドのビング牧師、カナダ韓人文学会長、イ・ウォンベ詩人、パク・ソギョ随筆家に感謝する。神よりも偉大な「詩」の道を求めて、また出発します。

2018年10月、霧の都市、春川で。

李榮春 (イ・ヨンチュン)

英譯 詩

고창수 역

Translated by CHANG SOO KO

우원호 역

Translated by WOO WON HO

이준영 역

Translated by LEE JOON YOUNG

황원규 역

Translated by HWANG WON-GYU

日譯 詩

고정애 역
高貞愛 譯

한성례 역
韓成禮 譯

제1부

英譯 詩 contents

Translated by CHANG SOO KO

사물인식

내가
저 하늘 만큼 맑을 수 있다면
저 구름처럼 신비로울 수 있다면
저 산처럼 그윽할 수 있다면
나는 시를 쓰지 않았으리

쳐다보아도 굽어보아도
울렁이는 가슴일 뿐
한 마리 발붙인 땅의 미물,
밤낮으로 죄 한 가지씩 더해 가며
구원이듯 빈 가슴으로
시를 쓴다

Recognition of Things

If I could have become

As clear as that sky

Mysterious as those clouds

Abstruse as those hills

I wouldn't have written poetry.

What I watch and survey

Is only throbbing breasts,

A mere trifle of the land setting foot,

I write poetry with an empty bosom resembling

redemption,

Adding one more sin each night and day.

아버지와 짜장면

내 어리던 날 아버지 손목 잡고
아장아장 따라가 먹던 자장면
오늘은 그 아버지가
내 손목 잡고 아장아장 따라와
자장면을 잡수시네

서툰 젓가락질로 젓가락 끝에서
파르르 떨리는 자장면
아버지가 살아온
세월처럼 혈흔처럼
여기저기 툭툭 튀어
까만 핏톨로 살아나네

Father's Chinese Noodle

When I was a child.

I used to follow my father holding his hand

Gong to a restaurant to eat Chinese noodles.

Today, that father follows me holding my hand

Going to a restaurant to eat Chinese noodles,

The Chinese noodles shiver

At the tip of my chopsticks

Because of my clumsy handling of the chopsticks.

Like the seasons and bloodstains my father lived through

The needles sputter here and there

As drops of black blood.

들풀

세상이 싫고 괴로운 날은
바람센 언덕을 가 보아라
들풀들이 옹기종기 모여
가슴 떨고 있는 언덕을

굳이 '거실' 이라든가
'식탁' 이라는 문명어가 없어도
맑은 이슬로 이슬처럼
해맑게 살아가는
늪지의 뿌리들

때로는 비오는 날
헐벗은 언덕에
알몸으로 누워도
천지에 오히려 부끄럼 없는
샛별 같은 마음들

세상이 싫고
괴로운 날은
늪지의 마을을 가 보아라
내 가진 것들이 오히려
부끄럼 없는
한 순간

Wild Weeds

Go to a windy hill
On days life is loathsome and painful.
To a hill where wild weeds gather together
With fluttering hearts.

Even if there were no civilized terms like
Living rooms, or tables.
The roots of the swamps live clean as dew.
Minds resembling morning stars
Have no cause for shame in heaven and earth
Though at times on a rainy day on a bare hill
They lie down all naked

On days when life is loathsome and painful,
Go to the village in the swamp area.
There'll be moments
When my possessions will be a cause for shame.

공간과 공간 사이

머리 수술한 친구의 병문안을 갔다
햇살의 언어들이 그를 빗겨 앉아 있었다

"아버지, 나 아파! 엄마, 나 아파!---"

오래전 무덤으로 간, 아니 흙이 되었을 아버지 엄마를
찾았다는 그,
본능인가 회귀인가
짜라투스트라가 눈을 뜨고 그의 방을 어슬렁거린다

같은 공간에서 숨 쉬던 '당신' 이라는 부재의 울음소리인가

"아버지, 아파! 엄마, 나 아파! 여보, 나 좀 안 아프게 해줘"

그의 옆에 누워 있는 빈 침대 하나가
둥그렇게 눈을 뜨고 그를 물끄러미 건너다 보고 있다

Between Space and Space

I visited with a chap
Who had had brain surgery.
The words of sunbeams sat across him.

"Dad, it's painful; Mom, it's painful"

He calls for his farther and maother
Who have gone to their graves, having become clay.
Is it an instinct or a recurrence?
Zarathustra opens his eyes, and lingers about his room.

Is it a crying voice of an absent "you"
Who used to breathe in the same space.

"Dad, I'm sick; Mom, I'm sick,
Darling, free me from pain."
A vacant couch beside him
Watches him with gloating eyes.

Translated by WOO WON HO

형광등이 내게 말을 걸다

나는 형광등이 되었습니다
형광등이 되어 나를 내려다보고 있습니다
그의 피사체에 들어간 나는 한 마리 짐승,
털이 없습니다
털이 없다는 것은 죄가 많다는 것,
태초부터 아담과 이브가 빚은 능금의 맨살이었습니다

그래서 지금 나는 아픕니다
죄를 지어서 아프고 지은 죄가 무거워서 아픕니다

때로는 능금으로 된 살이 아프고
신의 벼락으로 빚어진 능금의 뼈가 아픕니다
지금 나는 신이 지으신 뼈가 아파
내가 나를 진찰하고 있습니다

거기, 병상 침대에 불쌍한 벌레 한 마리
그레고르 잠자**Gregor Samsa**를 닮아가며
엉금엉금 기어서 빵을 찾습니다

엉금엉금 기어서 창밖의 소식을 기다립니다

여기까지가 30일 동안 형광등이 나를 내려다 본 기록입니다
내 뼈가 살아가는 고백입니다
고백의 뼈가 사막을 건너갑니다

지구의
육천 제곱을
기어서
회귀回歸하는
한 마리
벌레

The fluorescent lamp talks to me

I became a fluorescent light

After I become a fluorescent light, and it is looking
down on me

I am a beast that entered into his subject

I have no furs

Having no furs mean that you are guilty of many crimes,

From the beginning Adam and Eve brewed the naked
skin of a crab apple

So now I'm down

I am sick with sin and I am sick because the guilt is
heavy

Sometimes the flesh of the crab apple is painful

The bones of the crab apple that made of the lightning
of God are sore

Now I am in pain in the bone that God made.

I am examining me

There, a poor worm in sickbed

After Gregor Samsa's resemblance to him

It wants to find bread to crawl

It crawls and waits for the news out of the window

So far, the records that the fluorescent light has been

looking down on me for 30 days

It is a confession that my bones keep on living.

The bones of confessions cross the desert

Terrestrial

Six thousand square feet

On all fours

Returning

One-figure

Worm

우주 한 채

적막이 빈 집을 지킨다

벌레 먹은 햇살이 기웃기웃 적막을 건드린다

움칠, 긴 그림자 하나

허공을 가른다

땔감을 진 노인이 노을을 지고 돌아온다

적막이 길게 하품을 하며

노인의 품에 덥썩 안긴다

초가 한 채가 온통 우주를 흔든다

One universe

The silence reigns over the empty house

The worm-eaten sunlight peeks to be touching the
silence

With a shock, one long shade

Slit the air

An old man who carries firewoods returns with a sunset

The silence has a long yawning

And jumps into the old man's bosom.

A house with a straw-thatched roof shakes the universe
all over

냉동 물고기

개구리처럼 죽은 시간들이 불꽃으로 튄다
겨우내 나는 어디 있었나
죽은 이파리 속에? 구름 가방 속에? 가계부 부채 속에?

얼음조각들은 몇 번의 정전을 일으키고
냉동 물고기는 물고기를 키우고
음악은 들리지 않았다

비늘 같은 별들은 먼 너머에 있었고
침묵은 찾아와 오래도록 문고리를 잠갔다
탱탱 얼어 터진 물고기의 입,
거기 아픈 입들이 한 몸으로 누워 둥-둥 떠갔다

죽은 물고기를 부화시킬 수는 없는가

아궁이 속에서도 부화되지 못하는 나는
그렇게 한겨울 죽음과 동행했다
몰락으로 가는 관문이었다

Frozen fish

Dead time like a frog flsres up with fiame
Where have I been all winter?
In the dead leaves? in the cloud bag? in the househ–old
debt?

Ice sculptures cause a few outages
Frozen fish brrings up fish
I did not hear the music

Stars like scales were far beyond
Silence came and locked the knocker for a long time.
The mouth of hard frozen fish?
There the painful mouths lie down in one body and
drifted away

Isn't it possible to hatch dead fish

I who can not hatch even in the furnace was accom–
panied by such a death in midwinter
It was the gateway to the downfall

나의 신, 타나토스

바람이 지나간 길, 언어가 지나간 길, 사막으로 숨어든 길, 징기스칸이 돌아가고 어머니가 돌아가고 바람이 돌아가고 산이 돌아가고 산은 어둠이 되고 어둠은 붉다 어둠을 닮은 붉은 유서를 쓴다 유서가 이렇게 쉬울 수 있을까 유서는 빨라야 한다 짧아야 한다 지금 이 글은 너무 길다 미련인가 가상인가 발 묶인 밤, 어둠이 밝은 밤, 미련은 우정, 사랑, 자식, 인생, 그리고 또 그 무엇?…

고승들이 생각난다 적멸도량의 세계로 들기 위해 애초부터 속세와의 인연을 끊는 게 아니던가 싯다르타도 그랬고 법정도 그랬다 혈육과의 인연, 그 인연 끊기 위해 뼈와 살을 도려내는 아픔을 겪으며… 어느 스님은 버스 속에서 우연히 제 어머니를 보고도 못 본 척 도망치듯 숨어서 버스에서 내렸다 하고--- 그날 밤 붉은 인연의 심장 끊어 내려고 솔가지 흔들리는 달빛 바위에 홀로 앉아 통곡하다 통곡하다 혼절하여 바위에서 굴러 떨어졌다지?

나는 왜 지금 이런 생각을 하는 것일까 이제 그만 문 닫자 언어의 문을, 발톱의 문을, 지상의 문을, 몸의 문을, 아무것도 없

는 空의 문을, 이 지상은 먼지와 먼지가 된 내 몸과 별과 달과
유성이 저 광활한 안개 속으로 소리없이 사라질 것이다 저 우주
의 광활한 문 안으로

My God, Tanatos

The road the wind passed, the road the language passed, the road hiding in the desert.

Chingiz Khan goes back, mother goes back, wind goes back, mountains go back, mountains become dark, darkness is red, Write a red suicide note that resembles darkness. Can a suicide note be easy like this? The suicide note must be fast. It must be short. This article is too long now. Is it a lingering affection? Is it an imagination? a foot-tied night, a bright night of darkness, A lingering affection is a love. a child, a life, and what else?

It reminds me of a priest of high virtue. People are breaking up with the world from the first in order to enter the world of enlightenment. Siddhartha was also, and so was Beopjeong, experiencing the pain of cutting out bones and flesh to dissociate themselves from their families and their destinies. One monk happened to see his mother in the bus. People said, he got off the bus out of sight as if he had not seen her. They said, that night to break down the heart of a red destiny he sat alone on a moonlight rock where a pine bough swaying he wailed and wailed and then rolled down from the rock in misery?

Why do I think of this now? Let's close the door. the door of language, the door of the claw, the door of the earth, the door of the body, the empty door with nothing. This ground, the dust and my body turned into dust, the stars, the moon and the meteor will disappear silently into the vast fog. Into that vast door of the universe.

저울

그녀의 눈금이 한 쪽으로 기울어진다
세상과 맞서 팽팽하게 세상을 당기던 몸
몸의 무게가 가랑잎 같은 깃털로 발가락을 세운다
새 길을 세우는 붉은 이정표

몇몇 손들이 저울추를 바로 세우려 바람의 무게를 빌어 온다
무게는 왼쪽으로 기울어지고

파랗게 눈 뜬 우리들은 들고양이처럼 푸른 광채를 뿜으며
어둠이 기우는 쪽으로 귀를 세운다

새의 깃털 같은 오후, 오후의 미열은 초침으로 흔들리고
동공은 우리들 시야를 떠난 지 오래다

멀리서 앰블런스 달려오는 소리
긴 복도 한 끝으로 흰 광목천을 덮은 한 그림자 멀어져 가는
소리
빗줄기는 창을 두드리고

빗물 속에 보퉁이를 내려 놓은 그녀가
산 중턱을 넘어가고 있었다
새벽이었다 추錘가 한 눈금을 넘어선 그 자리는

Scale

Her graduations are tilted to one side

The body that pulled the world tightly against the world

The weight of the body builds on the toes with plumage

like dusk.

Red milestone to set new road

Some hands are begging for the weight of the wind to

straighten up the weights.

Weight is leaning to the left

We who open our eyes wide, give off a blue glow like

wild cats and

Raise our ears to the side where the darkness tilts.

The bird's feather-like afternoon, the afternoon's fever

shakes with a second hand

The pupils were long out of our sight

The sound of an ambulance coming from afar

The sound of a shadow drifting away that covered with

a white broad cloth at the end of a long corridor

   The rain streaks're beating against the window and

   She who put the corner down in the rain

   Was crossing the mountainside.

   It was at dawn, beyond the spot where the pen-dulum

exceeds a scale

노자의 무덤을 가다

한 줌 흙으로 돌아가는 사람을 보았다
한 줌 바람으로 날아가는 사람을 보았다

지상에는 아무것도 없었다
지상은 빈 그릇이었다

사람이 숨 쉬다 돌아간 발자국의 크기
바람이 숨 쉬다 돌아간 허공의 크기,

뻥 뚫린 그릇이다, 공空의 그릇,

살아 있는 동안 깃발처럼 빛나려고
저토록 펄럭이는 몸부림들,

그 누구의 그림자일까?
누구의 푸른 등걸일까?

온 지상은 문을 닫고

온 지상은 숨을 멈추고

아무것도 없는 아무것도 아닌
그릇,

빈 그릇 하나 둥둥 떠 있다

Go to the grave of Lao Tsu

I saw a person returning to a handful of soil
I saw a person flying in a handful of winds

There was nothing on the ground
The ground was an empty vessel

The size of footprint that a person breathes back
The size of the air that the wind blows back

It is a gapeed open bowl, a bowl of empty space

To shine e like a flag while alive
Like that fluttering struggles

Whose shadow is it?
Whose blue stump is it?

The whole earth closes the door and
The whole earth stops breathing

Nothing in it, not anything
The bowl

One empty bowl is floating

밤의 데몬DEMON*

다리가 긴 황새처럼 나는 늘 허기가 진다 무언가를 기다리다 지친 다리의 종족, 어둠과 어둠 사이에 끼여 몸이 작아지는 형벌의 종족, 내 다리는 언제쯤 불 밝힐 것인가? 꽃이 진 상처의 자리 늘 뜨겁다 황새의 깃은 보이지 않고 꽃잎 상처로 일렁이는 이 밤의 데몬, 데몬은 밤공기를 타고 어둠을 퍼 나른다 잠든 새들은 돌아오지 않고 어둠의 어깨에 얹은 내 손가락이 기운다 기울어진 손가락 한 끝으로 새들의 혼을 불러와 이 밤 어딘가에 등燈 하나를 단다 그러나 온 우주의 정령이 물그림자로 업혀 오는 이슬 안개, 안개의 한 쪽 귀가 흔들린다 누가 흘리고 간 눈물일까 빗물일까 강이 길게 한숨을 토한다

* 그리스어 '정령精靈'의 뜻으로 차용.

The Night's DEMON

I always get hungry like a long–legged stork. a tribe of tired legs waiting for something, a tribe of punishment, which gets smaller between darkness and darkness How soon will my legs be lit? The place where the flowers have fallen away is always hot The feathers of a stork is invisible and this night's daemon, which is swaying with a petal wound, carries the darkness through the night air The sleeping birds never return but my fingers on the dark shoulder are tilting Bring the spirits of the birds with one tip of your tilted finger and put on a lamp somewhere this evening. But the dew mist, where the spirits of the universe are carried up in the shadow of the water, one ear of the fog shakes. There is a long sigh of the river as to who might have shed tears or rain

* Borrowed in the Greek word, meaning of the Spirit

백야, 그 사랑

달빛 속으로 걸어 들어가는 그의 어깨에 손을 얹고 싶었다
담 모퉁이를 돌아가던 달그림자 어깨에 손을 얹듯이
천 년 동안 고였던 물방울들이 주르르 빙하를 타고 쏟아지듯이
그에게로 기울었던 장미꽃들이 우르르 쏟아지는 눈물이고 싶었다
둘이면서 하나였던 푸른 빙벽의 길, 길 무늬 따라 무지개꽃 수놓으며 우리는 걷고 또 걸었다
길이 없어도 있는 듯이, 길이 있어도 없는 듯이

고전의 문지방을 깨고 러시아의 백야에 홀로 서듯
우울과 생각이 잠 못 들게 하는 밤,
나는 몽상가처럼 저무는 창가에 오래도록 앉아
백야를 꿈꾸었다 그가 떠난 길 위에서 그와 만난 길 위에서
잠들지 못하는 밤을 위하여
백야, 너를 위하여

The white night, that love

I wanted to put his hand on his shoulder to walk into the moonlight.

Like putting a hand on the shoulder of a moon shadow that turns round the wall

Just like water droplets that had been in use for a thousand years poured over the glacier

I wanted to be the tears of roses to pour out that I had leaned toward him.

Two of them, one was the road of blue ice wall, embroidering rainbow flowers along the road pattern

We walked and walked again Even without a road as if there is Even there is a road as if there is nothing

Just as you break the threshold of classics and stand alone in Russia's white night,

A night that melancholy and thought make me be unable to sleep

Sitting for a long time by the window where it's grtting dark like a dreamer

I dreamed of the white night On the way he left On the way he met

For a night that can not sleep

The white night, for you

균열

우리는 너와 나의 관계에서 존재한다
한 사람은 위에 있고 한 사람은 아래에 있는 관계가 아닌,
한 사람은 앞에 있고 한 사람은 뒷자리에 있는 관계가 아닌,
세상은 이것을 뒤집으려는 데서 문제가 생긴다
뒤집는 것은 적폐다

너와 나의 관계에는 거래가 존재한다 뒷거래가 아닌 균등의
거래
네가 한 그릇의 밥을 사고
내가 한 사발의 국수를 사고---평행이다 국수올 같은

모든 관계는 관심에서 존재한다. 존재는 관심이다
감정의 질량이다 저 깊은 심층을 뚫고 올라오는 리비도의
질량,
리비도는 파고가 강하다
이 파고의 질량으로 너와 나의 관계는 깨지기도 하고 존재하
기도 한다

관계는 바퀴다 바람의 바퀴, 감정의 바퀴. 거래의 바퀴,
그 바퀴는 오늘도 나를 끌고 아슬아슬하게 돌아간다
잘 살아냈다고 나는 나의 보이지 않는 감정에게
적막한 하루의 목덜미를 어루만져 준다

The rupture

We exist in our relationship between you and me

One person is on the one and the other is not on the
relationship below

One person is in front, the other is not in the back seat

The world has a problem in trying to reverse it

To reverse it is Augean stable

There is a deal in my relationship Not a backorder but
an equal transactio,

You buy a bowl of rice

I buy a bowl of noodles,,, It's a parallel, Like a strand of
a noodle

All relationships exist in interest Being is an interest

It is the mass of emotion

The mass of the libido that goes up through that deep
layer

Rivido is strong against wave height

Due to the mass of this wave height relationship between you and me can be broken or even existed

Relationships are wheels The wheels of the wind, The wheels of emotion. The wheels of the deal
The wheel pulls me evem today and goes back narrowly
Saying thatI've been living well To my invisible feelings
Touching the nape of a quiet day

뫼비우스의 장미 가시

적막한 빈 집의 잠 속에서
장미 한 송이 배달되기를 기다리는
무중력의 잠 속에서
장미 가시에 찔린 몸이 너무 느리거나 빠르게 넘어가는 동안
어둠은 길게 제 몸을 구부리고 달려와
내 발 뒤꿈치를 문다

장미 줄기의 나이테가 굵어지기를 기다리는 동안
쓰리고 아픈 한낮의 오후가
달의 둥근 심장이 열리기를 기다리는 동안
행운을 싣고 오는 황금벌레가
내 몸으로 기어오르기를 기다리는 동안

나는 가뭄처럼 타 들어가는 혓바닥을
한 모금 냉커피를 마시듯
금 간 심장의 틈과 틈 사이사이를 적신다

붉은 동그라미의 토요일 오후,

아무것도 배달되지 않는 우체부의 헐거워진 그림자가
팽팽해진 내 잠 속으로 걸어 들어와
'불안과 초조' 라는 편지 한 통을 획 던지고 간다

편지 속에서 번져 나오는
둥근 원통의 가시 장미

Rose Thorn of Möbius

In the sleep of an empty house

Waiting for a rose to be deliveredIng

In the weightlessness sleep

While the stinging body of a rose thorn is going over too

slowly or too fast

Darkness comes running with its body bent long

Bites my heel

While waiting for the annual ring of the rose stem to

thicken

A bitter and painful midday afternoon

While waiting for the round heart of the moon to open

The golden worms that carry good luck

While waiting for my body to climb

I, the drought-burning tongue

Like drinking a sip of icecream

Wet the gap between the gap and the gap of the heart

Saturday afternoon in the red circle

A loose shadow of a postman that can not be delivered anything

Walk into my tight sleep

Fling a letter called 'anxiety and irritability' quickly and go

Spreading out of a letter

Round cylindrical thorn rose

Translated by LEE JOON YOUNG

혼자 쓰는 편지

너를 잊기 위하여
고개를 젓는다
젓는 폭幅 만큼
물결 지는 그리움
너를 잊기 위하여
눈을 감는다
감은 눈 속에서
쏟아지는 별
하나씩 집어 바다에 던진다
바다에서 되살아나는 네 목소리
내 영혼은 온통
네 음성으로 운다

The Solitary Letter

In order to forget you,

I shake my head.

Yet my yearning for you

Surges to the extent of the shaking.

In order to forget you,

I close my eyes.

Yet the stars fall into my closed eyes.

I pick them up one by one

And throw them into the sea.

Your voice revives in the sea

And my soul wails,

Echoing your voice.

종점終點에서

강물이 마르고 있었다
하늘이 흔들리고 있었다

하얀 불티로
재만 남은 화로
파열음의 합창은
그 누구를 위한 노래인가

밤마다 울리는 빈 수레 소리
천상의 절망
가슴으로 삼키면서
죽음을 배우는 여자가 된다

빛으로 왔다가
바람으로 흩어지는
사랑의 길목

가다가도 문득
돌아보고 놀라는
싸늘한 눈밭
그 종점

At the Terminal

The river was drying up
And the sky was wavering.

The brazier now remains as embers
After everything is reduced to ashes.

A chorus composed merely of bursting sound,
Oh, for whom is this song sung!

Every night,
I hear the clattering of an empty wagon.
Thus I am becoming a woman,
A woman who learns about death
Deeply inhaling the bitters of despair.

At a curve in the road,
Where our love set in as a light
But dispersed as a wind,
Abruptly, I was inclined to turn round
And surprised to see the terminal······
An icy field.

Translated by HWANG WON-GYU

어느 날 바닷가에서

네가 내게서 잊혀지는 날
네 이름을 부르리라
내 가슴속 파도가 잠자는 날
네 이름을 새기리라
그러나 지금은
아무 말도 하지 않으련다
오직 침묵으로 잊는 연습을 하리라
끝없이 밀리고 밀쳤던
너의 흔적
지우고 또 지우리라
파도처럼 밀려오는 네 영상
기억 밖으로 밖으로 밀어내리라
그리고 나는 텅 빈 바닷가에 앉아
그 다음 일은
아주 망각하리라

One Day on the Beach

The day when you are forgotten by me
I will call your name.
The day when the waves of my heart sleep
I will carve your name.

But,
I will not say anything
Today.
I will only practise how to forget you in silence.

The vestiges of you
Which push and pushed endlessly
I will erase them, again and again.

The images of you
Surging like waves
I will push them further and further from my memory.

Then I will sit down on an empty beach
And forget what comes next,
Entirely.

승리여! 함성이여!

둥—둥—둥— 북을 울려라
영광의 노래, 승리의 노래를
한반도 중심, 겨레의 심장 불끈 솟은 이 천단에
단군의 자손들 승리의 깃발 세웠노라

승리여! 승리여! 둥—둥— 북소리 울려라
가난과 설움이 옥석으로 승화된 이 땅에
인류 평화와 화합의 불기둥 세웠노라

아, 해피 평창! 해피 코리아여!
새들도 날아가다 둥지를 튼 곳
승리여! 승리여! 둥—둥— 북소리 높여라

하나의 심장 두 동강으로 잘려 피 흘리는 이 나라
형은 북으로 동생은 남으로 갈라진 이 땅 이 겨레에
두 개의 심장 하나가 되는 올림픽 정신으로
둥—둥— 세계 만방에 알리노라

하늘이여! 땅이여! 세계의 눈동자여!

7천만 겨레의 염원, 불꽃으로 타 오른다

예스, 평창! 평창 코리아여!

오늘 여기 승전보 울렸도다

평화의 불기둥 세웠도다 겨레여! 민족이여!

Victory! Shout!

Doong~ Doong~ Doong~~
Hit the drums
For songs of glory, and songs of victory.
We, the offsprings of Dangun, set up the flag of victory
At this altar of heaven,
At the center of the Korean peninsula
Where the heart of Korean people soars.

Victory! Victory!
Doong~ Doong~
Hit the drums.
We set up the fire pillar for peace and harmony
        of the world
In a land
Where poverty and sorrow were crystallized
        as brilliant gems.

Oh! Happy PyeongChang!
Happy Korea!
The place where flying birds nest.
Victory! Victory!
Doong~ Doong~
Raise the sound of drums.

The bleeding country

Having one heart, but divided into two
Where siblings are separated
The elder to the North, and the younger to the South.
With the spirit of the Olympics,
Uniting two hearts as one
Now we proclaim to the world.
Doong~ Doong~

Heaven, Earth and the Eyes of the world!
The aspiration of 70 million Korean people flares up.
Yes, *PyeongChang!*
PyeongChang, Korea!
The sound of triumph echoes here today.
The fire pillar of peace has set up.
Oh, the people!
Oh, the Korean people!

* A congratulatory ode celebrating the 2018 Pyeong Chang
Olympic Winter Games

* *Dangun* is a legendary King who established the first Korean
Kingdom, *Gojoseon,* in 2333 BC.

슬픈 도시락

춘천시 남면 발산중학교 1학년 1반 류창수

고슴도치 같이 머리카락 하늘로 치솟은 아이

뻐드렁 이빨, 그래서 더욱 천진하게만 보이는 아이

점심시간이면 아이는 늘 혼자가 된다

혼자 먹는 도시락,

내가 살짝 도둑질하듯 그의 도시락 속을 들여다볼 때면

그는 씩- 웃는다

웃음 속에서 묻어나는 쓸쓸함

어머니 없는 그 아이는 자기가 만든 반찬과 밥이 부끄러워

도시락 속으로 숨고 싶은 것이다

도시락 속에 숨어서 울고 싶은 것이다

'어른들은 왜 싸우고 헤어지고 또 만나는 것인지?'

깍두기 조각 같은 슬픔이 그의 도시락 속에서

빼꼼히 세상을 내다보고 있다

The Lunch-Box in Sorrow

RYU Chang-Su,
Class 1, Grade 1, Balsan Middle School, Nam–myeon,
Chuncheon City.
The boy with starchy hair stretching toward sky
    like a hedgehog.
The boy with buckteeth, thereby looking
    so much innocent.
During lunch time, the boy stays aloof.

He eats the lunchbox alone.
When I steal a glance at the box,
He beams a shy smile.
The smile bearing loneliness.

Ashamed of rice and dishes he prepared by himself,
The boy living without mother wishes to hide himself
into the box.
In fact, he wishes to cry in the box.

"Why do adults fight, separate, and meet another?"
A slice of sorrow like raddish–Kimchi looks out
    the world from the lunchbox
With a cautious glance.

해, 저 붉은 얼굴

아이 하나 낳고 셋방을 살던 그 때
아침 해는 둥그렇게 떠 오르는데
출근하려고 막 골목길을 돌아 나오는데

뒤에서 야야! 야야!
아버지 목소리 들린다
"저어—너—, 한 삼십만 원 읎겠니?"

그 말 하려고 엊저녁에 딸네 집에 오신 아버지
밤새 만석 같은 이 말, 그 한 마디 뱉지 못해
하얗게 몸을 뒤척이시다가
해 뜨는 골목길에서 붉은 얼굴 감추시고
천형처럼 무거운 그 말 뱉으셨을 텐데

철부지 초년생 그 딸
"아부지, 내가 뭔 돈이 있어요?!"

싹뚝 무 토막 자르듯 그 한 마디 뱉고 돌아섰던

녹슨 철대문 앞 골목길,

가난한 골목길의 그 길이 만큼 내가 뱉은 그 말,
아버지 심장에 천 근 쇠못이 되었을 그 말,
오래오래 가슴 속 붉은 강물로 살아
아버지 무덤, 그 봉분까지 치닿고 있다

The Sun, The Red Face

One day,

When I made a bare living in a rent room

    with a new-born baby

When the round Sun rose up above the alley

When I was about to turn the corner to go for work

Heard the shouting voice of my Dad

Ya Ah~, Ya Ah~

"Well, do you probably have some 300 thousand Won?"

Dad who came to daughter's house last night

To tell the hefty words, or just a sentence.

Being reluctant to carry the shameful words,

He must have a sleepless night

    turning his body numerously

Then, he must snap out the cursed words

While hiding his blushed face at the alley of rising sun

The daughter, then a novice retorted a sharp sentence
"Dad, how can I have the money?"
Then, she rushed back along the alley
Leaving a rusty steel door open behind.

The words as long as the alley of poor village
The words which became a thorny nail
        driven into the heart of my Dad
They remained in my heart long like a red river.
And, reached the round apex of the tomb of my Dad

어머니의 강, 그 눈물

밤마다 갈잎 부서지는
바람소리를 듣습니다.
어머니 상처난 심장에
여울물 소리를 듣습니다

어머니,
한 생에 온통 달빛 속 같으시더니
아직도 마른 한 구석 눈물이 고여
그토록 많은 눈물 밤마다 길어 내십니까

늘, 가을 잎새처럼 젖어 떨고 있는 어머니
이제 어머니의 날개가 보이지 않습니다
이미 깃털 빠진 상처뿐입니다

간밤에는 별이 지고
어머니 숨결처럼 고르지 못한 미풍이
문풍지를 흔들다 갔습니다
그러나, 우리들 작은 가슴에

큰 불씨로 살아 계신 어머니

깜박이는 등불 앞에
어머니 실낱 같은 한 생애를
누군가, 보이지 않은 누군가가
어둠 속에서 자꾸 당기고 있습니다
저 광활한 안개 속으로

Tear, the River of My Mother

Every night

I hear the sound of wind breaking reeds

I hear the sound of stream from the broken heart

    of my Mom.

Dear Mom,

You've walked through the mist of regret

    as murky as the Moon

How could you draw so much tear every night?

Did you keep the tear at the bottom of a hollow?

Always,

Mom who trembles like wet leaves in autumn

Your wings are not found anymore

But, wounds on place where feathers used to be

Last night, when stars sank

Breezes as harsh as your breath

shook the window sheets.

But, Mom you' ll live as a big flame in our small hearts

In front of a flickering candle,

Someone who was not seen in the dark

Pulls the sheer thread of Mom' s life line

Into the fog spreading widely.

제 2 부

日譯 詩

高貞愛 譯

길

문득 문득 오던 길
되돌아 본다
왠가 꼭 잘못 들어선 것만 같은
이 길,

가는 곳은 저기 저 계곡의 끝
그 계곡에 묻힐 흙인데

나는 왜 매일 매일
이 무거운 다리를 끌며
가고 있는 것일까

아, 돌아갈 수도
주저앉을 수도 없는
이 길,

道

ときどき 來た道を
振りかえって見る
なぜか 誤って入り込んだように思える
この道

行くところはあそこ あの谷の果て
その谷に埋まる土なのに
私はなぜ日毎
この重い脚を引きずり
歩いているのか

あ、歸れなく
居据わることもできぬ
この道。

회귀

꽃잎들 하늘하늘 마지막 손 흔든다

풀잎들 슬픈 듯
푹 고개 떨군다

돌아갈 곳 없는 멧새들
허공을 헤맨다

돌아갈 집이 있는 나는
가진 것 너무 많아 무겁다

가벼운 깃털이 될 때 나는 적멸에 이르리라

回帰

花びらが ひらひら別れの手を振る

草の葉が 悲しげに

がっくりと うなだれる

帰れる場所がない ホホジロ

虚空をさ迷う

帰る家があるわたしは

荷物が あまりに多くて 重たい

軽い羽毛になる時 わたしは寂滅に至るだろう

풀벌레 울음소리

한 보살이 눈 감는 소리다

제 목숨 갉아 먹고
제 껍질 속에서

아직 건너가야 할
유리알 같은 빙판 위에서

가야 할 길이 너무 먼가 보다

제 살 갉아 먹은
마른 풀잎의 옆구리에서
먼 시간들의 자투리에서

떠나가야 할 간주곡이 너무 짧은가 보다

벽에 걸린 염주알 하나 뚝
떨어진다

우주가 잠드는 소리다
열반에 이르는

蟲の鳴き聲

とある菩薩が目をつぶる音

己れの命をかぢりたべて
己れの殻の中で

なお渡って行くべき
ガラスのような凍り板の上で

行くべき道があまりに遠いらしい

己れの肉をかじりたべた
乾き草の脇で
遠い時間の切れ端で

立ち去るべき間奏曲があまりに短いようだ

壁にかかった數珠の玉が一つぽとりと
落ちる

宇宙が寝付く音だ
涅槃に至らしめる

희망, 그는 가고 없지만

그는 떠나고 없지만
그의 영상은 남아 있다
그의 빈 집에 내가 앉아 있다
나의 빈 집에 그가 있을 수도 있다
작은 것도 크게 큰 것도 작게
희망은 숨바꼭질
그렇게 몇 개의 터널을 지나고 나면
파도의 흔적처럼 나무의 껍질처럼
곳곳에 남은 상처 다독이며
떠나간 과거와 돌아올 미래 앞에서
나는 기도한다
아름다운 초록 물방울로 넘쳐나게

希望, 彼は去って無いけれど

彼は発って無いけれど

彼の姿は残っている

彼の空き家に私が坐り

私の空き家に彼がいる

小さなのは大きく　大きいのは小さく

希望はかくれんぼ

そのように幾つのトンネルを過ぎ通れば

波の跡のように　又は木の皮のように

あちこちに残る傷を擦りながら

立ち去った過去と　回りくる未來の前で

私は祈る

緑が美しい水玉で溢れるように

갠지스강

어슴프레한 새벽녘
죽은 시체의 행진으로 공기도 흔들린다는
갠지스 강변의 골목길과 바자르 사원을 돌아
연등 하나씩 들고 배를 탄다
배 위에서 연등을 가만히 강에 띄운다
괴괴히 흐르는 영혼들의 머리 위에

강가 여기저기 화장을 기다리는 시체들이 보인다
죽어서도 차례를 기다리는
꽁꽁 묶여서도 자유를 기다리는

장작더미 위에서 지글지글 타는 시체 한 구가 보인다
새까만 얼굴, 툭 튕겨져 나와 있는 두 발,
작년 가을
마흔 살에 생을 마감한 내 동생 얼굴이다

불꽃이 튄다
공기가 흔들린다

숨이 멎는 한 순간,
갠지스강 강물도 숨이 멎어 있었다

ガンジス川

ほの暗い夜明け

亡骸の移動に空氣も搖れるという

ガンジス川邊の路地やバザール寺院を巡り

提燈一つずつ持って船に乗る

船上で静かに川に浮かべる

ひっそりと流れる靈たちの頭上に

川岸のあちこちに火葬を待つ亡骸が見える

死んでも順を待つ

ぎゅうぎゅう縛られても自由を待つ

薪の山上でぐつぐつと焼ける亡骸一具が見える

眞っ黒な顔, ぬっと突き出ている二足,

去年の秋

四十で生を終えたわたしの弟の顔だ

火花が散る

空氣が搖れる

息詰まる一瞬,

ガンジスの川水も息が止んでいた

韓成禮 譯

시간의 저쪽 뒷문

어머니 요양원에 맡기고 돌아오던 날
천 길 돌덩이가 가슴을 누른다

"내가 왜 자식이 없냐! 집이 없냐!" 절규 같은 그 목소리
돌아서는 발길에 칭칭 감겨 돌덩이가 되는데

한 때 푸르르던 날 실타래처럼 풀려
아득한 시간 저쪽, 어머니 시간 속으로
내 살처럼 키운 아이들이 나를 밀어 넣는다면

아, 아득한 절망 그 절벽—
나는 꺽꺽 목 꺾인 짐승으로 운다

아, 어찌 해야 하나
은빛 바람결들이 은빛 물고기들을 싣고 와
한 트럭 부려 놓고 가는 저 언덕배기 집
생의 유폐된 시간의 목숨들을

어머니의 시간 저쪽 뒷문이 자꾸
관절 꺾인 무릎으로 나를 끌어당기는데

時間の向こうの裏門

母さんを老人ホームに預けて戻ってきた日
千里の石ころが胸を押す

「私にどうして子どもがいないのか！」絶叫のようなその声
引き帰す足にぐるぐる巻かれて石ころになる

一時青かった日 , かせ糸のようにほどけて
果てしない時間の向こう , 母さんの時間の中に
自分の肌のように思って育てた子どもたちが私を押し入れるなら

ああ , 遥かな絶望 , その絶壁……
私は首の折れた獣のように泣く

ああ , どうしようか
銀色の風の便りが銀色の魚たちを運んできて
トラックの一台分を下ろしていくあの丘の家
生の幽閉された時間の命たちを

母さんの時間の向こうの裏門がしきりに
関節の折れた膝で私を引っ張るのに

들풀

세상이 싫고 괴로운 날은
바람 센 언덕을 가 보아라
들풀들이 옹기종기 모여
가슴 떨고 있는 언덕을

굳이 '거실' 이라든가
'식탁' 이라는 문명어가 없어도
이슬처럼 해맑게 살아가는
늪지의 뿌리들

때로는 비 오는 날 헐벗은 언덕에
알몸으로 누워도
천지에 오히려 부끄럼 없는
샛별 같은 마음들

세상이 싫고 괴로운 날은
늪지의 마을을 가 보아라

내 가진 것들이
오히려 부끄러워지는
한 순간

野草

世の中が嫌になってつらい日は
風の強い丘に登ってみろ
大小の野草たちが集まって
胸を震わせている丘に

わざわざリビングだとか
ダイニングという文明が無くても
雫のように清らかに生きていく
沼地の根

時には雨の降る日に禿げた丘に
裸で横になっても
まったく天地に恥じることのない
明けの明星のような心

世の中が嫌になってつらい日は
沼地の村に行ってみよ

私の持っているものが
かえって恥ずかしくなる
瞬間

절[寺] 뒷마당에서

흙을 밟는다

사각사각 청무 깨무는 소리가 난다

소리를 밟고 담 모퉁이를 돌아가는 동자승

아득한 반야밀로 들어가는 소리다

속俗에서 묻어온 내 신발 밑에서도

사락사락 속俗 때 씻기는 소리

아득히 묻힌다

寺の裏庭で

土を踏む

さくさくと青い大根を嚙む音がする

音を踏み垣根の曲がり角を曲がって行く寺の小僧

遥かな般若蜜*へと入っていく音だ

俗世から付いてきた私の靴の底からも

さらさらと俗世の垢の洗われる音

遥かに埋められる。

〈訳注〉
＊般若蜜:仏教において迷いの世界から悟りの世界へ至ること、また、そのために菩薩
　が行う修行のこと。

노자의 무덤을 가다

한 줌 흙으로 돌아가는 사람을 보았다
한 줌 바람으로 날아가는 사람을 만났다

지상에는 아무것도 없었다
지상은 빈 그릇이었다

사람이 숨 쉬다 돌아간 발자국의 크기
바람이 숨 쉬다 돌아간 허공의 크기,

뻥 뚫린 그릇이다, 공(空)의 그릇,

살아 있는 동안 깃발처럼 빛나려고
저토록 펄럭이는 몸부림들,

그 누구의 그림자일까?
누구의 푸른 등걸일까,

온 지상은 문을 닫고

온 지상은 숨을 멈추고

아무것도 없는 아무것도 아닌
그릇,

빈 그릇 하나 둥둥 떠 있다

老子廟を訪ねる

一握りの土に還ってゆく人を見た
一握りの風に飛んでゆく人に出逢った

地上には何もなかった
地上は空っぽの器だった

人が息をして還った足跡の大きさ
風が息をして還った虚空の大きさ，

ぽっかりと開いた器，空の器，

生きている間　旗のように輝こうと
あれほどに翻った足掻き，

いったい誰の影だろう
誰の青い根株なのだろう，

地上のすべては扉を閉め

地上のすべては息を止め

何もない　何でもない

器、

空っぽの器一つ　ふんわりと浮いている

<訳注>
＊老子廟：老子を奉る廟。老子の本名は李耳で、古代中国春秋戦国時代の思想家、教育家、道教の創始者である。「道徳経」を著作したと言われ、漢王朝から老子の思想は道教と呼ばれて発展した。老子廟は河南省鹿邑県の太清村に建てられ、唐王朝の祖廟となった。名称は、高宗の時に「紫極宮」、側天武侯の時に「洞霄宮」、玄宗の時に「太清宮」などと改称された。

봉평 장날

올챙이국수를 파는 노점상에 쭈그리고 앉아

후루룩 후루룩 올챙이국수를

자시고 있는 노모를 본다

정지깐* 세간사 뒤로 하고

한 세기를 건너와 앉은

푸른 등걸의 배후,

저문 산 그림자 결무늬로

국수 올들이 꿈틀꿈틀

노모의 깊은 주름살로 겹치는

허공,

붉은 한 점 허공의 무게가

깊은 허기로 내려 앉는

한낮

* 정지깐 : '부엌'의 영동지방 사투리

蓬坪(ボンピョン)*の市日

オルチェンイ麺*を売る出店でしゃがみ込み

ずるずるとオルチェンイ麺を

食べる老母を見る

チョンジカン*道具を背に

一世紀に渡って座っている

青い根株の背中

暮れた山陰の木目模様で

麺のよりがにょろにょろと

老母の深い皺に重なる

虚空，

赤い一点 虚空の重みが

深いひもじさに舞い降りる

真昼。

<著者注>
＊チョンジカン：韓国東地方の方言で，韓屋の台所のことである。

<訳注>
＊蓬坪：韓国江原道平昌(ピョンチャン)郡に位置する村の名前。韓国近代文学の
　代表的な小説家の一人である李孝石の生家があるところで，彼の代表
　作「蕎麦の花の頃」の背景として有名である。
＊オルチェンイ麺：韓国語のオルチェンイはお玉杓子のことである。トウモロ
　コシの粉で作った麺で，その形がお玉杓子に似ていることからそのように称
　される。

가을 잎사귀가 아프다

종합검진을 마치고 병원 문을 나서는 문밖
세상 문밖에서는
자동차가 달리고 비가 달리고 구름이 달리고

창틀 안에는
노란 민들레 얼굴들이 줄 지어 정물로 앉아 흐르는데
나는 '이상 없다'는 판정을 받고도 왜 이리
가을이 아픈가

가을 이파리들처럼 빈 의자에 앉아 있는 슬픈 얼굴들
누가 죽었는지 영구차가 나가고
앰블란스는 윙윙 소음으로 들어오고
누군가 앉았다 간 빈 의자는 이 가을을 안고 통곡하는데
누군가 누웠다 간 빈 침대는 푸른 수의처럼 흔들리는데

아무 데도 아픈 곳이 없다는 나는
저 가지 끝에 붙어 있는 마른 잎사귀처럼
이 가을이 왜 이리 돌아올 수 없는 강물로 흐르는가

하늘 높이 치솟은
플라타너스에게 먼 눈길을 마주하고 선
내 눈은 가을이 자꾸 아파
녹슨 가슴에서
녹물 같은 슬픔 한 덩이씩 푹푹 길어 올리고 있다

秋の木の葉が痛い

人間ドックを終え病院から出る扉の外

世の中の扉の外では

自動車が走り　雨が走り　雲が走り

窓枠の中には

黄色いスミレの顔ぶれが並んで　静物としてすわって流れ

私は「異常なし」という判定を受けたのに　なぜこんなに

秋は痛いのか

秋の木の葉のように空いた椅子に座り込んだ悲しい顔々

誰か亡くなったのか　霊柩車が出て

救急車はピーポーピーポーと騒音をたてて入り

誰かが坐って去って行った空の椅子は　この秋を抱いて泣きわ

めき

誰かが横になって去って行った空のベッドは　青い経かたびら

のごとく揺れ

どこも悪いところはないと言われた私は

あの梢にくっついた枯れ葉のごとく

この秋はなぜこのように戻れぬ河として流れるのか

空高く聳え立つ

プラタナスに遠い目線で向き合って立つ

私の眼には秋がしきりに痛くて

錆びついた胸から

錆の染みのごとき悲しみを　一塊ずつどっぷりと汲み上げて

いる

저문 강, 하늘 문

사흘 낮 사흘 밤을 공수拱手로 서 있던 싯다르타가 걸어나간
바라문의 경계가 저런 것이었을까

어둠이 내리는 강 이 쪽에서 하늘 기둥 사이로 펼쳐지는
저 강, 능라의 능선

물기둥 한 쪽이 하늘 끝 한 자락을 끌고 내려와
광목 홑이불로 펼치려는 찰나의 저 능선,

죽음의 경계로 들어가는 문이 저리 반짝일 수 있을까

세상 한 쪽에서는 한여름 밤의 아리아가 흐르고

나는 내 잃어버린 꿈 하나
아리아 속에서 피가로의 부치지 못한 편지로 운다*

바라문을 떠난 나의 싯다르타는 돌아오지 않고
황량한 그 발걸음만 바람으로 흐르는데

강은 어느 새 하늘 문을 닫은 듯

깊은 어둠으로 세상 귀를 닫는다

* 피가로의 부치지 못한 편지로 운다 : 오페라 피가로의 결혼 중 '편지의 노래' 변용.

暮れる河、天の扉

　昼も夜もなく三日間腕を組んで立っていたシッダルタ*が歩み
出た

　バラモン*の境はあんなものだったのだろうか

　暗闇に覆われた河のこちら側から天の柱の間に広がる

　あの河､薄絹の稜線

　水柱の一方が天涯の裾を引きずり降して

　一重の木綿布団を広げようとする刹那のあの稜線､

　死の境界に踏み入る扉があれほど輝くものなのか

　世界の一方では真夏の夜のアリアが流れ

　私の失った夢一つ

　私はアリアの中でフィガロの出せなかった手紙のことで泣く*

　バラモンを去った私のシッダルタは戻ることなく

荒涼たるその足跡だけが風になり

河はいつの間にか天の扉を閉じたように
深い暗闇で世界の耳を閉じる

<著注>
＊フィガロの出せなかった手紙のことで泣く：オペラ〈フィガロの結婚〉の中
　の「手紙の歌」から変容したもの。

<訳注>
＊シッダルタ：仏教の開祖である「釈迦」が出家する前の王子の時の名で，現在
　のネパールのルンビニにあたる場所で誕生。二十九歳で出家し，三十五歳
　で菩提樹の下で悟りを開いたとされる。釈迦は自らの覚りを人々に説いて
　廻り，八十歳で入滅したと言われる。
＊バラモン：インドのカースト制度の頂点に位置するバラモン教やヒンドゥ
　ー教の司祭階級の総称。

물방울들의 시간
— 2014년 4월 죽은 땅에서, 내 시를 묻하노라

세상이 하얗게 지워진 봄,
백지가 누워 있다 누워서 운다
세상 안에서 세상 바깥에서
물방울을 타고 흐르는 저 어둠의 공기
재깍재깍 물방울로 잠겨 드는 어둠의 저 소리
1초, 2초. 3초… 그 소리 침묵으로 젖는다
검은 운율로 흐느낀다
시간이란 물방울들이 어둠의 옷을 입고
통곡한다

하늘은 온통 세상의 문을 닫고
정전이다 암흑이다

수많은 꽃잎들의 비명, 그 비명 앞에서
예술이, 문명이, 나의 시 한 줄이
무력하다 무력하여 숨 멎는다
삶과 죽음 앞에서
내 시를 묻하는 아침이다
내 시를 장사지내는 물방울이다

滴の時間

――2014年4月＊死んだ地で、私の詩を慟哭する

この世が白く消された春，
白紙が横たわる　横たわって泣く
世の中で世の外で
滴となって伝わり流れるあの暗闇の空気
チクタクチクタク　滴に沈んでいく暗闇のあの音
1秒，2秒，3秒……その音が沈黙で濡れる
黒い韻律になってすすり泣く
時間という滴が暗闇の衣を着て
痛哭する

空はすべての世界の扉を閉じ
停電だ　暗黒だ

幾多の花びらの悲鳴，その悲鳴と向き合い
芸術は，文明は，私の詩の一行は
無力だ　無力で息が止まる
生と死と向き合い
私の詩を慟哭する朝
私の詩を葬る滴

〈訳注〉

＊2014年4月：韓国の旅客船「セウォル号」の沈没事故が発生した時期。韓国全羅南道
　珍島近くのメンゴル（孟骨）水道で船が転覆し，多くの死亡者と負傷者が出たが，特
　に修学旅行に出かけた高校生の犠牲者が多かった。

해, 저 붉은 얼굴

아이 하나 낳고 셋방을 살던 그 때
아침 해는 둥그렇게 떠오르는데
출근하려고 막 골목길을 돌아 나오는데

뒤에서 야야! 야야!
아버지 목소리 들린다

"저어—너—, 한 삼십만 원 읎겠니?"

그 말 하려고 엊저녁에 딸네 집에 오신 아버지
밤 새 만석 같은 그 말, 그 한 마디 뱉지 못해
하얗게 몸을 뒤척이시다가
해 뜨는 골목길에서 붉은 얼굴 감추시고
천형처럼 무거운 그 말 뱉으셨을 텐데

철부지 초년생, 그 딸
"아부지, 내가 뭔 돈이 있어요?!"
싹뚝 무 토막 자르듯 그 한 마디 뱉고 돌아섰던

녹 쓴 철대문 앞 골목길,
가난한 골목길의 그 길이만큼 내가 뱉은 그 말,
아버지 심장에 천 근 쇠못이 되었을 그 말,
오래오래 가슴 속 붉은 강물로 살아
아버지 무덤, 그 봉분까지 치닿고 있다

日、あの赤い顔

子供を一人生んで借間暮らしをしていたあの時

朝日は真ん丸く昇り

出勤しようとちょうど小道を曲がって出ていくところ

後ろから「お〜い！お〜い！

父の声が聞こえる

「あのな…お前…「三十万ウォンぐらい持ってないか。」

それを言おうと昨夕「娘の家を訪れた父

夜もすがら一万石のようなその言葉「その一言が言えず

真っ白に寝返りを打った果てに

日の昇る小道で赤い顔を隠して

天誅の如く重いその言葉を吐いたはずなのに

世間知らずの社会人一年生「その娘は

「父さん「あたしにお金ある訳ないでしょう？！」

大根を切るようにびしっとその一言を吐いて背を向けた

錆びた鉄門の前の小道，

貧しい小道のその長さほど，私の吐いたあの言葉，

父の心臓に千斤の鉄釘の如く打たれたあの言葉，

長く長く胸の中に赤い河水となって生き

父の墓，その盛り上がった部分にまで上ってきている

홀로 사는 집

댓돌 위에 신발 한 켤레

그린 듯 누워 있다

지붕 위에서 놀던 햇살이 자박자박 걸어 내려와

몰래 신발을 훔쳐 신어보고 달아난다

조그만 쪽 창문을 열고 들어가면 그 안에 누가 있을까?

궁금한 낮달이 기웃거리다 그림자 남기고 돌아간다

쪽마루 밑에 숨어 지켜보던 들고양이, 냉큼

댓돌로 뛰어 올라가 방안을 들여다본다

거기, 마른 새우 등처럼 웅크린 어머니가

홀로 관棺으로 드는 길,

그 길을 내고 있었다

独りで住む家

踏み石の上に靴一足

描いたように横になっている

屋根の上で遊んでいた日差しがぱたぱた歩いて降りて来て

こっそり靴を履いてみて逃げ出す

小さな窓を開けて入れば,その中に誰がいるだろう

気になる昼の月が覗いた挙句,影を残して帰る

小さな縁の下に隠れて見ていた野良猫,すばやく

踏み石に跳び上がって部屋の中を覗き込む

そこには,干しエビの背のようにうずくまった母が

独りで棺に入る道,

その道を開いていた

컵라면

오글오글한
머리들이 모여 있다
혹은 웃는 듯도 하고
혹은 우는 듯도 한
그 얼굴들은
마치 내 동생이
직공 생활을 하면서
야간 학교를 마치던
마산 어느 공단의 여공들 얼굴 같아서
감히 나는
컵라면을 먹을 때마다
목 줄기가 배배 꼬여 진다
마치 내 동생의
피와 살이
내 건강한 폐부로
흘러 들어가는 것
같아서

カップラーメン

ちりちりの

髪の頭が集まっている

一見笑っているようでもあり

または泣いているようでもある

その子らの顔は

まるで私の妹が

織物工の生活をしながら

夜間学校を終えた

馬山*の或る工業団地の女工たちの顔のようで

敢て私は

カップラーメンを食べるたびに

首筋が幾度もねじれる

まるで私の妹の

血と肉が

私の健康な肺腑に

流れ込む

ようで

<訳注>

＊ 馬山(マサン)：大韓民国慶尚南道に二〇一〇年まで存在した都市。現在は昌原(チャンウォン)市に編入された。一九六〇〜八〇年代には韓国最大の繊維工業団地が存在した軽工業の中心地であった。二〇〇〇年，兵庫県姫路市と姉妹結縁協約を締結し，現在は昌原市がその協約を継承している。

던킨도너츠 집에 앉아

던킨도너츠 집에 앉아 도너츠 같은 사랑을 생각한다
층층으로 이어진 긴 유리창에
우울 같은 겨울비 내리고
젊은 입술들의 꽃잎 같은 언어들이
유리창에 길게 누워 흐른다

던킨도너츠 입술 위에 그림자 같은 얼굴 하나 겹친다
축축한 반죽으로 발효시켰던 회灰가루 같은 사랑,
내 사랑도 거기 둥둥 떠 긴 창을 타고 흐른다
둥근 던킨도너츠처럼 환하게 부풀었다가
허리 뒤틀린 꽈배기처럼 떠난 그림자, 내 그림자

하루종일 유리창엔 비가 흘러가고
꽃잎 언어들은 지칠 줄 모른 채
도너츠 같이 둥근 사랑을 구워내고 있다.

ダンキンドーナツ屋に座って

ダンキンドーナツ屋に座ってドーナツのような愛について考える
幾枚も重なり合って繋がった長い窓ガラスに
憂鬱な冬の雨が降り
若い唇から花びらのような言葉が
窓ガラスに長く這って流れる

ダンキンドーナツの唇の上に影のような顔がひとつ重なる
しっとりと半熟に発酵した灰のような愛‚
私の愛もそこにふわりと浮かび 長い窓にのって流れる
丸いダンキンドーナツのように よく膨れ上がって
腰のねじれたツイストドーナツのように去っていった影‚私の影

一日中‚窓ガラスには雨が流れ
花びらの言葉は疲れを知らず
ドーナツのように丸い愛を焼き上げている。

백야, 그 사랑

달빛 속으로 걸어 들어가는 그의 어깨에 손을 얹고 싶었다
담 모퉁이를 돌아가던 달그림자 어깨에 손을 얹듯이
천 년 동안 고였던 물방울들이 주르르 빙하를 타고 쏟아지듯이
그에게로 기울었던 장미꽃들이 우르르 쏟아지는 눈물이고 싶
었다
둘이면서 하나였던 푸른 빙벽의 길, 길 무늬 따라 무지개꽃 수
놓으며 우리는 걷고 또 걸었다
길이 없어도 있는 듯이, 길이 있어도 없는 듯이

고전의 문지방을 깨고 러시아의 백야에 홀로 서듯
우울과 생각이 잠 못 들게 하는 밤,
나는 몽상가처럼 저무는 창가에 오래도록 앉아
백야를 꿈꾸었다 그가 떠난 길 위에서 그와 만난 길 위에서
잠들지 못하는 밤을 위하여
백야, 너를 위하여

白夜、その愛

　月明りの中へ歩いて行く彼の肩に手を置きたかった

　垣根の角を曲がった月影の肩に手を置くように

　一〇〇〇年の間淀んでいたいくつもの雫がぽろぽろと氷河に乗って降り注ぐように

　彼に傾いていたバラの花たちはどっと溢れる涙になりたかった

　二つでありながら一つだった青い氷壁の道、道の模様に沿って虹の花を縫いつづって

　私たちはただひたすら歩いた　道がなくてもあるかのように、道があってもないかのように

　古典の敷居を壊しロシアの白夜に一人佇むように

　憂鬱と思考が眠りを妨げる夜、

　私は夢想家のように暮れていく窓際に長い間座って

　白夜を夢見た　彼が旅立った道の上で　彼と出会った道の上で

　眠れぬ夜のために

　白夜、お前のために

한때

남편은 부엌에서 마늘을 찧고

나는 거실에서 책을 읽고

베란다에선 앵무새가 제 짝을 부르는지 죽어라 울어 대고

고요로운 햇살 두 볼을 만지작거리며

살곰살곰 거실로 발을 옮기는데

발길에 묻어오는 아침 나절의 햇살 풍경

풍경 속에서 칼도마 두드리는 소리

참, 맛있다

一時期

夫はキッチンでニンニクを潰して

私はリビングで本を読み

ベランダではオウムが恋人を呼んでいるのか死ぬほど鳴き続け

穏やかな陽射しが両頬を撫でまわしながら

こっそりとリビングへと足を運ぶのだが

足先についてくる午前の陽光の風景

風景の中でまな板を叩く音

実においしい

슬픈 도시락

춘천시 남면 발산중학교 1학년 1반 류창수
고슴도치 같이 머리카락 하늘로 치솟은 아이
뻐드렁 이빨, 그래서 더욱 천진하게만 보이는 아이
점심시간이면 아이는 늘 혼자가 된다
혼자 먹는 도시락,
내가 살짝 도둑질하듯 그의 도시락 속을 들여다볼 때면
그는 씩- 웃는다
웃음 속에서 묻어나는 쓸쓸함
어머니 없는 그 아이는 자기가 만든 반찬과 밥이 부끄러워
도시락 속으로 숨고 싶은 것이다
도시락 속에 숨어서 울고 싶은 것이다
'어른들은 왜 싸우고 헤어지고 또 만나는 것인지?'
깍두기 조각 같은 슬픔이 그의 도시락 속에서
빼꼼히 세상을 내다보고 있다

悲しい弁当

春川市南面＊鉢山中学校一年一組リュ・チャンス
ハリネズミのような髪が空に立ち上がったその子，
突き出た前歯，
それでさらに無邪気に見えるその子，
昼休みになればその子はいつも一人になる
一人で食べる弁当，
私がこっそり泥棒するように彼の弁当を
盗み見たときにその子はにやっと笑う
笑顔の中からにじみ出る寂しさ，
母親のいないその子は
自分で作ったおかずとご飯が恥ずかしくて
弁当の中に隠れたいのだろう
弁当の中に隠れて泣きたいのだろう。
大人たちはどうして喧嘩して別れて再び出会うのだろうか。
ひと欠片のカクトゥギ＊のような悲しみが彼の弁当の中から
ひょっこりと世界を眺めている

〈訳者注〉
＊春川市南面:春川市南面は韓国江原道春川市にある面。面は日本における村
　に相当する。春川市は江原道の県庁所在地で農業を主な産業とし，畜産業が
　盛んに行われている。
＊カクトゥギ:大根を角切りにして塩漬けにしたのち漬け込んで作るキムチ。

시와소금 시인선 091
Poetry and Salt Poets 91
市と塩詩人線 91

해, 저 붉은 얼굴
The Sun, The Red Face
日、あの赤い顔

1판 1쇄 발행 2018년 12월 20일
1st edition 1st issue December 20, 2018
1版1刷発行2018年12月20日

지은이 이영춘
author Lee Young-chun
著者イヨウンチュン

발행인 임세한
Publisher Lim Seahan
發行人 林世漢

펴낸곳 시와소금
Published by Poetry and Salt
発行したところ詩と塩

출판등록 2014년 1월 28일 제424호
Publishing Registration January 28, 2014 No. 424
出版登録2014年1月28日、第424号
Phone (033) 251-1195, 010-5211-1195
E-mail sisogum@hanmail.net

ISBN 979-11-86550-84-7 03810
값 10,000원
a price of 10,000 won

• 이 시집은 2018년 춘천시문화재단 문예진흥기금으로 발간하였습니다.
• This poem was published in 2018 by the Chuncheon City Cultural Foundation Cultural Foundation.
• この詩集は2018年春川市文化財団文芸振興基金に発刊しました。